新版
小学语文同步阅读

三月桃花水

SANYUE TAOHUA SHUI

刘湛秋

著

长江出版传媒　长江文艺出版社

目录

第三辑
独轮车

第一辑　三月桃花水

三月桃花水

是什么声音，像一串小铃铛，轻轻地走过村边？是什么光芒，像一匹明洁的丝绸，映照着蓝天？

呵，河流醒来了！三月的桃花水，舞动着绮丽的朝霞，向前流呵。有一千朵桃花，点点洒上了河面，有一万个酒窝，在水中回旋。

三月的桃花水，是春天的竖琴。

每一条波纹，都是一根根轻柔的弦；那细白的浪花，是有节奏地响着的鼓点。那忽大忽小的波声，应和着田野上拖拉机的鸣响；那纤细的低语，是在和刚刚从雪被里伸出头来的麦苗谈心；那碰着岸边石块的叮当声，像是大路上车轮滚过的铃声；那急流的水声浪声，是在催促着农民开犁播种啊！

三月的桃花水，是春天的明镜。

它看见燕子飞过天空，翅膀上裹着白云；它看见垂柳披上了长发，如雾似烟；它看见一群姑娘来到河边，水底立刻浮起一朵朵红莲，她们捧起了水，像抖落一片片花瓣；它看见了村庄上空，很早很早，就袅袅升起了炊烟……

比金子还贵呵，三月的桃花水；

比银子还亮呵，三月的桃花水；

呵，地上草如烟，两岸柳如眉，三月桃花水，叫人多沉醉。呵！多多地装吧，装进我们心灵的酒杯！

雪

南国的雪，我们分离得太久了。

那微带甜味的湿润，那使人快活的冷气，那彩色梦幻的飞旋，伴着我少年的轻狂，再也无法追寻。

没有暖气也没有炉子的小屋，铁一样寒冷的硬被子，都无法阻挡我对雪的渴望，只要睁眼看见屋外白花花的光亮，那就像涌进来一股暖流，勾起难以抑制的温暖的心情。

雪，南国的松软美丽的雪啊！

它纷纷扬扬，比春天一树树的梨花还要美。这时，北风变得柔和了，吹着它，上下翻飞，轻轻地降落，使人能看清那六角的菱形，看到一个美丽的童话世界。

不知道它是想依恋天空，还是想委身大地。它忽上忽下，是那样轻盈自由啊！忽然，它落进了我的颈脖，像个小绒毛，却又摸不到它，产生了甜甜的微痒。我伸出手来，它会安静地落到我的掌心，在我的钟情的眼睛里，慢慢地消失了它的身影。有时候，真愿意伸出舌头，希望能接到一片雪花，那淘气的愉快里绽开了多少天真的梦。

雪，南国的松软美丽的雪啊！

忽然，我像一下子变成熟了，往往放弃堆雪人、打雪仗的乐趣，却愿意宁静地默默走去，翻过废弃的铁路线，来到郊外，默视着广袤的天空和田野。所有的污秽和荒凉全遮掩了，只有雪，白花花的、纯净的雪。这大自然创造的最精美的白色拥抱了田野、山岗、房屋和树林。偶尔由于风的吹动，越冬的树和菜斑斑点点闪着一点新绿。

这时，眼睛和心变得多么亮，多么舒展。美丽的维纳斯仿佛就在你的身边，对着你微笑。

所有的幻想都会脱颖而出，飞向雪的地平线，开出白色的花朵。

雪，南国的松软美丽的雪啊！我们分离得太久了，也许我还能追寻那没有污染的洁白，幼稚却纯真的梦幻，和那寒冷中的温暖？

祝 福

我常常在夜晚，对人生默默地祝福。

那些在远海上和惊涛搏斗的水手，会听到我托付鸥鸟带去的祝福声；那些在沙漠中孤独地跋涉而又不屈的探索者，我的祝福会变成他背的水壶中的清泉；那些在人生的旅途中屡遭不幸甚至准备结束一切的人，我的祝福会像永不离弃的情人，给他送去甜蜜的安慰……而对那些已经处在幸福中的人，我也会去添上一朵洁白的素馨花。

我知道，我的祝福是无力的，也许根本帮不上什么忙，可是如果没有我的祝福，他们会不会更加孤单？

在人与人的世界里，人不可能总是一人，他需要别人，也思念别人，因此，对我这不相识的祝福——

他们不会忘却！

微　笑

　　啊，谁不喜欢那柔美的微笑？

　　像蓝天上一朵浮云，像夏日里一阵徐风，像鲜花轻轻地点头。

　　也许，孩提时母亲的微笑，直到白发苍苍你也能回忆，也许初恋时少女一次扬脸的微笑，会陪伴着你终生的跋涉，也许屈辱时一位友人的微笑，会溶化你心中冰山般的郁结。

　　啊，那微笑，那温暖的使人荡漾春天的微笑；

　　我总是在寻觅你，在匆匆而去的车窗后的影子里，在黎明降临最初碰到的熟人的第一声招呼中，在那些有花朵和没有花朵的土地上。

我愿这微笑，到处为我所呼吸。

也许在我临终时刻，我所珍盼的，就是我喜爱的人的一次微笑。

有微笑的地方，我将坦然而去。

我爱明丽的朝霞

我爱明丽的朝霞，爱金色的流云，爱那充满活力的天空。

这时候，呼吸是畅快的，思维是热烈的，一双乌黑的眼睛是飞扬着神采的。

阳光的雨沐浴着整个身躯，甚至每一个毛孔，每一个细胞，都张开了富有灵气的小嘴。

沾满露水的草丛，刚睡醒的花朵，伸着懒腰的树枝，寻求爱恋的蝴蝶，从松土层中探出身子的蚯蚓，都为霞光而陶醉。

活跃了的大地召唤着一切活跃的生物。

那颗永远年轻的心，飞吧！

闪 电

在黑压压的天空，乌云挤着乌云，风声从四面八方袭来，突然，像有什么凝住，一道劈开的亮光，从天顶划到天边。

是那样耀眼，是无与伦比的雄美，整个天空，仿佛被劈成两半，照亮乌云上边那惊人的蔚蓝，大自然开始了一场没有死伤的战争。

啊，如果在急雨中，那一串冰色的照明弹就更为壮观，眼前像一汪跃动的大海，或狂欢的节日之夜。

当闪电一霎间收敛，雷声隐隐而来，由小变大，终于变成可怕的轰鸣，那闪电也就变成一种恐怖了。

没有雷的闪，西边还透出几朵夏日的红霞，闪烁着，像窗帘上的花边；这时，没有人能怀疑它的温柔。它和雨一样，对人们发出亲切的呼唤，启示着一种亮的幻想。

湖边遐想

　　我坐在湖边，金色的阳光拥抱着一切，湖水是那样的宁静，一丝涟漪也没有，简直是个光滑的镜子。

　　我望着它，感到柔和而美丽，甚至想躺上去。也许，湖水也睡着了。

　　中午的太阳，使一切都懒洋洋的，连鱼儿也沉进水底，不在水面打一个水花，或吐一个气泡。

　　啊，那无与伦比的柔静，仿佛整个世界也在湖面上溶化了。

　　下午，渐渐地有了小风，波纹丝丝。湖醒了，在眨着眼睛，在抖动衣裙，在向你轻盈地走来……

在几片乌云后面，风慢慢地大了起来，于是湖水开始翻腾、欢跃，像奔跑的少女，像摇动的草原……这滚动的景色使我兴奋了，使我的心中升腾起一支热烈追求的歌曲。

啊，那欢腾的热热闹闹的波浪，风给了湖水以活的生命。

头顶上的树叶悄悄地问我：你喜欢什么样的湖水啊？

我——对着天空和大地回答：

我又喜欢波平水静的湖，又喜欢浪花飞卷的湖，因为整个生活是多样的，人的需求也随着心境与时间而不同啊！

月光下的树

默默地，相亲无语。

月亮在天空，看着树，树在地上，看着月亮。

大地是这样安静，仿佛只有树和月亮，仿佛只有这两对眼睛，在默默地相望。

月亮悄悄地移动着，但是它不能走近树；树轻轻地摇动着叶子，但它的声音很快消失在空中。

树仍旧感到温暖，因为有了那一丝清柔的光，树仍旧感到欢乐，因为有这一汪月色，伴着那孤寂的夜。

默默地，相亲无语。

也许，当风吹过的时候，会勾起一丝希望，把无人知晓的爱的语言，带到遥远的天上……

笛　子

在山村，在云彩的家乡，最使人难忘的，便是笛子。

在月光如银的夜晚，在朝霞微泛的黎明，在茅棚里，在泉水边，那清新嘹亮的，沁人心扉的笛音，是多么诱人。

笛音吹舞了姑娘优美的身姿，吹去了老年人脸上的皱纹，吹出了孩子欢笑的酒窝；它是欢乐的，永远是我们美好生活的赞美之声！呵，

是云彩赋予它柔美，

是山泉赋予它清丽，

是空气赋予它明亮，

但赋予它生活的，则是山乡人民的广阔的

胸膛，是他们吸取了劳动的全部美丽，它，才吹得出这么多的欢乐，才能给人们这么大的力量！

月 夜

中秋节的夜晚，我是在北方的海滨度过的。

绿色的海面上，撒满了星星；它们是夜的眼睛，在波光中顾盼流连。

月亮沐着海水，露出了那洁白如玉的身子；一片淡色的云彩捧着她，在海底航行。

我坐在岩石上，听到鱼的低语，听到空气轻轻的话音。

柔和得像羽毛一样的夜呀！

我记起了三年前同一天夜晚，在这块岩石上，一个年青的海军战士，坐在我的身边。

他谈着他的家乡。他说，南方的海，更蓝；南方的夜，更暖；南方的月，更亮。他说，他

是渔人的儿子，是在海浪中长大的，他爱
海……

　　他又低低地向我耳语，说他有个未婚妻，
是生产队的会计。

　　一阵风吹过桦树丛，摇落了三两片树叶。

　　我们握紧了手，一起走向海滩。

　　今天，我又来到了这里，心里激荡着海水
的深情。在碧波万顷的海上，或者在南国温暖
的月夜，有那个战士年轻的身影……

春天吹着口哨

沿着开花的土地，春天吹着口哨；

从柳树上摘一片嫩叶，

从杏树上掐一朵小花，

在河里浸一浸，在风中摇一摇；于是，欢快的旋律就流荡起来了。

哨音在青色的树枝上旋转，它鼓动着小叶子快快地成长。

风筝在天上飘，哨音顺着孩子的手，顺着风筝线，升到云层中去了。

新翻的泥土闪开了路，滴着黑色的油，哨音顺着犁铧的镜面滑过去了。

呵，那里面可有蜜蜂的嗡嗡声？可有百灵

鸟的啼啭？可有牛的哞叫？

沿着开花的土地，春天吹着口哨；

从柳树上摘一片嫩叶，

从杏树上掐一朵小花，

在河里浸一浸，在风中摇一摇，于是，欢快的旋律就流荡起来了。

它悄悄地掀开姑娘的头巾，从她们红润润的唇边溜过去。

它追赶上了马车，围着鞭子的红缨盘旋。

它吻着拖拉机的轮带，它爬上了司机小伙子的肩膀。

呵，春天吹着口哨，漫山遍野地跑；在每个人的耳朵里，灌满了一个甜蜜的声音——早！

第二辑　橘林中的少女

橘林中的少女

新雨后的山坡，新雨后的橘子林。

叶子，越发碧绿，像绿宝石那样纯净；橘子，越发金黄，像躲藏起来的狐狸那一闪一闪的眼睛。

秋天的成熟，弥漫在空气中；美丽的橘林，不再渴求别的色彩的气息。

忽然，像彩虹移过林间，明丽的阳光一闪；

翠绿的叶子，金黄的橘子，一下失去光泽；

走出来一个可爱的少女。那青春的红润，流淌着调色板配不出的色彩，那轻快的微笑，像带着橘子芳香的风，那轻盈的双脚，是活泼清澈的小溪。

她扛着一筐橘子，给橘子镀上无比的美丽。她像是橘子的女神。

　　这时，所有希望的光点都集中到她的身上。

　　啊，如果真可以有梦幻，那就让这一片橘子林永远不要凋谢，让它永远陪伴和守护着这个可爱的少女！

背竹篓的小姑娘

在我的桌上，有一尊美丽的石膏像，不是沉思的贝多芬，不是断臂的维纳斯，是个背竹篓的小姑娘。

我在山区，看过许多这样背着篓的小姑娘。是的，这是一种生活，一种习惯，甚至是一种必需，但是在每一个农家孩子生命的路上，是否都要经历拣粪、打草的岁月，虽然它已绵延了几千年？

她一只脚跪着，一只脚蹲着，像是在休息，圆圆的小手，还扶着背上的竹篓。她没有笑，也许是累了，眼睛似乎也不那么发光，只有风，吹着她的头发，阳光下闪着汗滴。

我不知道为什么雕塑者给她背这么一个和她身高差不多的背篓，是为了艺术上的匀称，一种夸张，还是为了实用——仅仅是为了笔筒能多插几只笔……

　　但我却总不忍心把这竹篓装满，怕这生命的天使因不适当的负载而夭折了美丽的翅膀……

冬天的松林

冬天的松林，充满着快乐的奥秘。

在白色的天空和白色的雪的辉映下，整个世界变得空荡而寂寞，而这一片不凋的松林，却展示了一个童话的王国，起伏着柔美的绿色。

它像沙漠里的绿洲，像春天里的梦，像老年人回忆中的青春。

由于失去浓荫而忧伤的太阳，照到松林伞一样的顶篷，开始欢愉了，并在针叶的拨动下，跳起轻松的波尔卡；悲冷的风一路上都找不到朋友，也为这一片丰满的松林而欣喜，于是，在每一根针叶上，都响起一支支歌，倾诉寂寞和爱恋。

这里只有松树，别的什么树都没有，连个小灌木也没有，雪地显得非常洁净，看不见一片落叶的黑斑。啊，在一片白色的土地上，兀立着一柄柄直立的绿色的大伞，比夏天雨后的蘑菇还要诱人。

那么，倚着这魔幻的伞飞向天空去吧！

不，不，在这松林里的我，只愿在这柔美绿色的抚摸下，轻轻地，轻轻地，印下我的脚印，伴着这一年最后的绿色……

村　边

　　早晨，她提着一桶水，走过村口。轻巧的脚步踏碎了黎明的露珠；明亮的水桶里，盛满了一朵朵红霞。

　　小伙子赶着牛走过来，不前不后，不紧不慢，挡住了她的去路。

　　小伙子问："能不能借你的水饮饮牛？"

　　她停下了。水桶里照见了两个人逐渐靠近的身影。

　　也许牛并不渴，也许牛已经饮过，姑娘提水桶走的时候，她觉得：水桶，还是那么重；水，还是那么清。

只是明亮的水里，多了一张染红了的姑娘的笑脸……

雪中小站

羽毛般的雪花，在火车头喷出的白蒙蒙的蒸气中旋转着。

呵，这还不曾相识的小路，连站台都没有，怎么吸引了这么多的旅客？那从车厢中走出来的，有夹公文包的中年人，有穿羊皮氅的社员，但更多的，是些年轻人。小伙子还没等扛出行李来就唱开了，姑娘们像燕子似的，飞到雪地上，她们喘着气，水灵灵的眼睛转动着，仿佛在记忆中寻找那早已编好的形象……

小小的车站，你惊讶了。你从来没接过这么多的客人，你那碎石子填不平的场地，从来没有过这样的喧闹。你在对这些年轻人探询了：

"你们上哪儿去呢?"你知道,在电线杆那边,在山那边,村庄像繁星一样,土地能挤出油。

但是,年轻人没有回答,他们很快告别你了。你这小小的车站,只是他们新的旅程中的——第一站,也是最值得怀念的一站。他们还要沿着雪的道路前进。

祝福他们吧,小站!秋天,他们会赶着大车,把雪白的棉花,金色的玉米,滚圆的大豆,都送到你的站台上。那时,你这儿会出现一个金的世界,一个银的世界。

他们渐渐地走远了。你目送着他们;忽然,你感觉到,在白茫茫的大地上,开放了一朵朵雪莲花。

书

书是我的一只美丽的小船。

在人生的海洋里，它载着我，驶向许多奇妙的港口、岛屿，甚至是危险的礁岩。

无论在丽日还是有风的天气里，我和它一起，在碧波或恶浪中行进。仿佛有只看不见的手，指点着那些像海市蜃楼一样的风光人物，仿佛有个神奇的嘴，发出船底和波浪日夜荡出的水声，不停地给你讲生活中的哲理、幻想和各种各样的现实。

这是一只不会沉的船，风浪不会把它吞没，大火也不能把它烧光，这是一只不知疲倦的船，它会一直航行下去，不寻求任何栖息的港湾。

在这只船上，我变得越来越清醒，我也变得越来越充实，而且和它一样，祈求更远更险的航行。

潮水轻轻地来了

潮水轻轻地来了，像一个年轻的姑娘，摇曳着蓝色的裙子，一步步走向海岸。

那轻拍海滩的水声是她在呼吸呀；那一汪汪水波，是她含情脉脉的目光呀！

她挎着一个奇异的宝篮，那里面有青翠的海菜，有彩色的贝壳，有海带、紫菜，还有细长的银鱼，明亮的珍珠呢。

她一路向前走，一路唱着歌，唱着乌云里风浪的歌，唱着海上水手对祖国的爱情的歌。那歌声好像是在探询，是在说：亲爱的海岸，我又来了！

呵，她终于停步了。她望着海滨，仿佛不

认识这地方了。她告别海岸才不久，海滨变化这么大！那翠绿的滨海街上一排五角枫，是今天新栽的吗？那穿着天蓝色衬衫的休养员，是来自炉火熊熊的炼钢车间吗？那一群戴红领巾的孩子，是刚入队的吗？而在远方的烟云下，又在生产着什么新产品呢？呵，海边的风景，永远不停地变得更美好的风景，是谁在描画呢？

她多想永远留在这岸边，永远用她温柔的手，抚摸这海岸，抚摸这美丽的国土。

可是她又匆匆地走了。她要把所看到的一切，更快地告诉大洋彼岸，告诉那些白色皮肤的、黑色皮肤的、棕色皮肤的兄弟姐妹。告诉他们，在那一边，有一个多么美好的国家啊！

潮水轻轻地走了，留下了金色的沙滩，留下了晶莹的月亮，留下了海姑娘的一片爱恋之情！

第三辑　独轮车

独轮车

    在我的童年生活中，最难忘的是独轮车"吱——呀""吱——呀"的呻吟。

    我的家乡是长江边上一个有名的米市，河网纵横，运输主要靠船。不管这船载重多少，吃水深浅，河流的慈爱的胸脯总托着它，不会使人有痛苦的感觉。但是独轮车就不然了。

    这种独轮车整个是木制的，轮子也是木制的，大概外面箍了一层铁皮。木轮上驮着一个大木架子，两个长长的叉开的扶手，就是它可怜而丑陋的形象。其实，说它可怜是不对的，因为也就是它，成了我们小城运米的主要陆路工具。

想想吧，两侧的木架上，一边一袋米，就有四百斤重啊！推车的人先把拴在两个扶把上厚厚的布带套在肩上，像马套上轭一样，然后两手抬起扶把，这样独轮车就和两脚构成了一个平面。从力学的角度看，这又是扁担的两头，虽然由于扶把长，轮子挑了大头，但推车人的肩膀上仍然负有相当的压力。而负重对他们来说，已变成次要的了。问题是推，要把这载重四百斤的没有轴承的木独轮车，在坎坷的青石板路上向前推进，其困苦可想而知。

我常常站在家门口看门前这长长的车队。"吱——呀""吱——呀"极滞长而沉重的声音塞满了我们那条小街，空气仿佛也凝住了。他们弓着腰，眼睛是浑浊的，但决不旁视，只盯着前面的路，米袋像小山坡一样妨碍着他们的视线；那两只手叉开，挺直地扶着车把，像焊上去的铁棍，肩上套的布带或皮带子把脖子拉成一条红红的深沟。他们的两脚也是叉开着前进，这样使平面更大，重心更稳，但步履也就更艰难了。腿上的青筋像一条条红色的蚯蚓，随着他们缓慢的步子上下蠕动。

我久久地看着他们，怀着心灵中天然的同情去看着他们。但他们并不看我，他们只盯着前方。他们也不呻吟，也不喊号子，只憋着气往前推；他们不能走神，就像在走钢丝，稍一不慎，车失去平衡，马上就倒。我见过几个已上了年纪的推车人，车倒了，也把他们摔倒在一边。有一次，大约折断了腿，再也未起来，很久后被抬送到医院……

"吱——呀""吱——呀"，车队过得那么缓慢，比送葬的队伍还缓慢，简直就是一种蠕动。每转一圈，就要发出一声"吱——呀"的痛苦呻吟。

这条青石板路，因这些木独轮车的蠕动，被碾出一条深深的沟，这样，轮子几乎像在槽子里行进。沟是很深的，下雨天没有车，我把脚伸进去，脚脖子都淹没了。很难想象，如此坚硬的青石板，居然被压出如此深的沟，这需要这原始的工具多少次的轧磨，需要推车的劳动者付出多少代人的汗水，还有鲜血！

"吱——呀""吱——呀",这声音既吸引了我,又使我很痛苦。那像绝望的呼唤,那像沉重的抗议,那像苦恼的宣泄,压迫我的耳朵。有一次我看着,忽然躲到灶间大哭起来,家里人莫名其妙,以为是谁打了我。我没有作任何回答,我幼小的心灵说不出这种痛苦的缘由。也许,我模糊地感到,是有人抽打了我,是整个生活在抽打着本该解下重轭直腰生活的人。

　　后来,我工作后重返家乡,这条路上的青石板已经拆除,又重新铺过,再也听不到那"吱——呀"的独轮车声了。是因为没有了独轮车,人们不再需要这条沟——独轮车的路,还是因为路翻新了,没有沟的路不需要独轮车?总之,这路和独轮车都成了记忆。

　　当然,我在别的小城依然见过被独轮车碾过的青石板路的残迹,我常常仔细去寻那条沟,去想象那"吱——呀"的声音。我当然不是留恋,我只是因这独轮车的前进想起很多关于我们民族的事,比如在没有机械的条件下长城和皇宫的建造,秦始皇陵的建造……

我茫然了，也许是一种伟大，但又是多么辛酸和苦涩的伟大啊！

斗蟋蟀的故事

　　建国前，在我的家乡——江南的小城，我们小巷子里几乎家家玩蟋蟀。家家床下都藏了好多盆，谁要乱动了，人家就会和你拼命。我七八岁的时候，瞎凑热闹，蹲在旁边看别人的蟋蟀开战，用捻子一撩，蟋蟀便起了斗性。会用捻子撩的，能让蟋蟀团团转，杀戒大开。两只咬起来，真有天旋地转、飞沙走石之势。

　　我一个邻居是国民党的逃兵，二十四五岁，无业游民，也参加了我们孩子玩蟋蟀的行列。他给我讲了不少蟋蟀的事。最厉害的蟋蟀叫红头将军，然后是白玉翅，还有大红袍、一点红、青玉都是有名的品种，有的一盆好蟋蟀能值万贯家私。抓蟋蟀不能只在院里抓，也不能在收割过的地缝中去掏，那都不是好蟋蟀。真的好蟋蟀藏在荒山的乱石中，尤其在棺材旁或棺材缝里。这使我大为恐惧又大有兴趣。但好蟋蟀与棺材、死人有什么关系，理论上他未加以阐述。

有一天晚上我跟着他和另外两个孩子出发到野外了。我们真的去了野坟荒冢。我们竖耳细听，寻找真正的将军。星稀天低，秋风萧瑟，树影幽黑，添了神秘的恐怖感。我们带了罩子、竹筒、钩子等捉蛐蛐的工具，还有一只电筒，我们都有上战场并视死如归的气概。我运气好，抓了一只大的，而且我感觉是红头。我偷偷地灌进竹筒，准备明天作为保留节目出台。我的邻居也抓了几只。哆哆嗦嗦，熬了半夜，总算满载而归。

第三天上午，向一玩家挑战。我夸口说："我这只蛐蛐，放进盆，可能把你们吓死了，差不多就是红头将军！"

一放进盆，惹得所有人都哈哈大笑，个头

是大，也是蟋蟀的模样，可不能开口，更不能厮杀。原来是个蟋蟀的变种油葫芦！

我邻居的放了进去，倒是真蟋蟀，一副好模样。见捻子也开了口，但见交战的对方却转了身，再用捻子捻过来，开了几口又收了，对方追，它就跑，双方竟始终交战不成。孩子们都笑了，逗邻居说："它跟你一样，是个逃兵吧！"

年轻的邻居发了一场高论："夫逃兵者，有二也！一是以为此战不义，放弃也；一是以为对方档次不够，不屑为伍也。"这以后，那只被他称为"黑玉豹"的蟋蟀，果真杀败了巷子里头号选手！这位大仁兄本人在几年后果然也成了气候，为江南一小富豪。

我信服了他。从此，我对"逃兵"也有了新的认识，不再一概以怯懦论之。

放鹅去

清清的水，照见小海梅的脸；泪水顺着她的腮帮子往下流，河里面像有小鱼儿翻起白水珠子。

姐姐放鹅去了，不带你去呀！放鹅的溜子船才小呢，轻得像纸鹞；小海梅，你还站不住脚跟呀！

姐姐放鹅去了。河那边有青草，有新割的稻田，有亮晶晶的天。小海梅，你也要去河那边放鹅吗？

姐姐放鹅去了。姐姐放的是大家的鹅。等你长大了，也去放鹅。那里，大家的鹅更多了，你放吧，把河水都给染成鹅的颜色。

瞧，小海梅，河水掀起了波纹，是你在笑！你拿根柳条儿，在学鹅叫呢！

一朵朵白云从水底浮过来了。小海梅，那不是你放的鹅群吗？

卖菱角的姑娘

在我家的门口，靠着凋剥的墙角，有个卖菱角的姑娘。小小的竹篮，上面铺一块土蓝布，就是她的全部财产和希望。

她穿着洗得发青的夏布衫，像那时乡下女人一样，头上扎一块白布，系的结那样入时，看上去像一朵新摘的栀子花。她的面孔，秀丽而又端庄，虽然经过田野的风雨，肌肤却那样白皙，那眼神，那微笑，使人愿久久凝视。

在我幼年的眼睛里，她就是我想象中的仙女。

她摆在面前竹篮里的菱角也因她的容颜而发出光泽。那些菱角，有的血红，有的淡青，有的像紫檀，有的像乌梅，玲珑剔透，滚在上面的水珠，闪着琥珀的光芒。

那些菱角真美，如果用她那洁白的手一个一个挑给你，就会格外甜美。

我喜欢买她的菱角，把家里给我的一点钱都递给她，并用我孩子的天真的眼睛胆怯地凝视她。而她，总是对我微笑。

我讨厌一些男人，用贪婪的眼睛轻佻地跟她嬉皮笑脸。我觉得，我要是长大了，有力气，一定保护她。

她肯定也喜欢我。有时在中午顾客少，有时卖完了菱角天色还早，她常常问我借带画的书，还让我念给她听，因为她不识字。

我那时一点也不懂，她为什么不上学，为什么不识字？这样美的姑娘，说话这么好听，应当能写诗的呀！

后来，她很久没来卖菱角了。奶奶说，她嫁人了。

后来，在一个夜晚，还是奶奶说的，她淹死了。也不知怎么的，就淹死了。

我于是变得沉默，我的眼睛常常注视着天空，第一次觉得在我的心里，少了一颗明亮的星。

伞

那一个春天的傍晚，我出校门，天下雨了。我把书包顶在头上。

你匆匆赶上来。你打着伞，轻声说："一起打吧，我顺便送你回家。"

南国的雨是暖和的。雨点落在油布伞上，发出清脆的竖琴声。远处近处，是一片朦胧的青色。

只有雨声；雨声，和我们轻轻的喘息声。挨得这么近，谁都不好意思说话；也许，谁都不需要说话。

我在想，你总是学得那么好，你总是考在我的前面。我对雨发下誓言：我要超过你！风把我吐到舌尖的语言，吹到好远好远。我忽然看了一下你。

少年的、胆怯的、含情脉脉的一瞥啊！

流水的岁月，像云一样飘走，飘走了的，也有那把紫红的油布伞。

成熟了的蒲公英，往哪儿飞啊，只有不相识的风，毫无目的，把它带走……

我不愿再去追寻，也不盼望再见，不愿见今天和我一样的你，而愿意留存那个……油布伞下少女的倩影……

那双美丽的眼睛

有一阵子，我常到一家小饭铺去吃午饭。那儿比较僻静，周围是四合院，卖早点的多，中午便门庭冷落了。不拥挤总是一种愉快吧！吃着辣凉面，随意地张望。我的目光偶尔和别的顾客或服务员相触，对方似乎也报以微笑，甚至轻轻一点头。我的食欲仿佛也好起来。我多么喜欢和那些给人以喜悦的眼睛相视啊！

一个戴深墨色眼镜的年轻人引起了我的注意。他总比我来得早，坐在屋角，脸上常挂着微笑。每当我看过去，总以为他在准备和我说话。他面前放个小半导体，放着不大的声音。有时，吃完饭还静静地坐着。这时，我又觉得他有些忧郁，我在想，可能是个"待业"青年吧！

他穿着很干净，也很漂亮，似乎对色彩很讲究，却没有丝毫的轻佻。有一次，旁边一个顾客不小心把汤泼溅到他衣服上，那人正不知所措，他反而主动去安慰对方："没事，不要紧。"说着自己掏出一块手帕，缓慢地擦着。我很少见到这样心地的年轻人。

一天，我凑过去，他的半导体这时在播学英语节目，我问他："你在学外语？"

他顿了一下，发现了是我问他，摇摇头："我学不了，随便听听声音。"

"有工作吗？"我说出时便感到有些鲁莽。

"有啦，糊纸盒子！"我开始以为他这么大声回答是出于一种不满，其实不是，他很快讲起糊纸盒子的过程，双手翻飞起来，像弹着琴键。他说话时手指也像在说话。我很喜欢他那充满深情的样子，是一种对工作和劳动的热爱。他始终没有摘下眼镜，但我从他漂亮的脸型上猜想他一定有一双明亮而美丽的眼睛。

但是，我想错了。就在这一天，我和他一起离开小铺，才发现他拿了根棍子，虽然是很漂亮、很讲究的一根棍子，原来……我明白了一切，执意要送他。但，他握了一下我的手，转身走去。他的步子真轻快，仿佛世界没有给他任何的阻拦与不便。

又过了些时候，我看见他和盲人姑娘在一起吃饭。他似乎不断透过墨镜深情地望着她，还娴熟地用筷子给姑娘夹菜。那姑娘没戴墨镜，不时眨着眼睛，那秀丽的脸庞上露出一种甜蜜的幸福。我相信，这时候，他们互相能看清对方的。

我常常想，世界是这么美好，色彩是那么绚丽，活着的人如果失去一双明亮的眼睛，会是多么悲哀。但是，如果灾难真的降临到一个人的身上，让他从此失去光明，那么，美好和勇气依然会使他战胜黑暗，甚至帮助他寻找到另一种永恒的光明——心灵的光明。那双眼睛依然是美丽的。

我目送他们离开小铺。他搀着姑娘，脚步

更轻快了。在微微的风中，他俩的鲜艳的衬衫和裙子飘着，带着一种异常明快而富于幻想的色彩，并没有因为穿的人看不见而失去光明，而黯淡或减色。

雨的四季

　　我喜欢雨，无论什么季节的雨，我都喜欢。她给我的印象和记忆，永远是美的。

　　春天，树叶开始闪出黄青，花苞轻轻地在风中摆动，似乎还带着一种冬天的昏黄。可是只要经过一场春雨的洗涤，那种颜色和神态是难以想象的。每一棵树仿佛都睁开特别明亮的眼睛，树枝的手臂也顿时柔软了，而那萌发的叶子，简直就起伏着一层绿茵茵的波浪。水珠子从花苞里滴下来，比少女的眼泪还娇媚。半空中似乎总挂着透明的水雾的丝帘，牵动着阳光的彩棱镜。这时，整个大地是美丽的，小草似乎像复苏的蚯蚓一样翻动，发出一种春天才能听到的沙沙声。呼吸变得畅快，空气里像有无数芳甜的果子，在诱惑着鼻子和嘴唇。真的，只有这一场雨，才完全驱走了冬天，才使世界改变了姿容。

而夏天，就更是别有一番风情了。夏天的雨也有夏天的性格，热烈而又粗犷。天上聚集几朵乌云，有时连一点雷的预告也没有；当你还来不及思索，豆粒般的雨点就打来了。可这时雨也并不可怕，因为你浑身的毛孔都热得张开了嘴，巴望着那清凉的甘露。打伞，戴斗笠，固然能保持住身上的干净，可光头浇雨，洗个雨澡却更有滋味，只是淋湿的头发、额头、睫毛滴着水，挡着眼睛的视线，耳朵也有些痒嗦嗦的。这时，你会更喜欢一切。如果说，春雨给大地披上美丽的衣裳，而经过几场夏天的透雨的浇灌，大地就以自己的丰满而展示它全部的诱惑了。一切都毫不掩饰地敞开了。花朵怒放着，树叶鼓着浆汁，数不清的杂草争先恐后地成长，暑气被一片绿的海绵吸收着。而荷叶铺满了河面，迫不及待地等待着雨点，和远方的蝉声，近处的蛙鼓一起奏起夏天的雨的交响曲。

当田野上染上一层金黄，各种各样的果实摇着铃铛的时候，雨，似乎也像出嫁生了孩子的母亲，显得端庄而又沉静了。这时候，雨不大出门。田野上几乎总是金黄的太阳。也许，人们都忘记了雨。成熟的庄稼地等待收割，金灿灿的种子需要晒干，甚至红透了的山果也希望得到最后的晒甜。忽然，在一个夜晚，窗玻璃上发出了响声，那是雨，是使人静谧，使人怀想，使人动情的秋雨啊！天空是暗的，但雨却闪着光；田野是静的，但雨在倾诉着。顿时，你会产生一脉悠远的情思。在人们劳累了一个春夏，在收获已经在大门口的时候，多么需要安静和沉思啊！雨变得更轻，也更深情了。水声在屋檐下，水花在窗玻璃上，会陪伴着你的夜梦。如果你怀着那种快乐感的话，那白天的秋雨也不会使人厌烦。你只会感到更高邈、深远，并让凄冷的雨滴，去净化你的灵魂，而且一定会遥望：在一场秋雨后将出现一个更净美、开阔的大地。

也许，到冬天来临，人们会讨厌雨吧！但这时候，雨已经化装了，它经常变成美丽的雪花，飘然莅临人间。在南国，雨仍然偶尔造访大地，但它变得更吝啬了。它既不倾盆瓢泼，又不绵绵如丝或淅淅沥沥，它显出一种自然、平静。在冬日灰蒙蒙的天空中，雨变得透明，甚至有些干巴，几乎没有春、夏、秋那样富有色彩。但是，人们受够了冷冽的风的刺激，讨厌那干涩而苦的气息，当雨在头顶上飘落的时候，似乎又降临了一种特殊的温暖，仿佛从那湿润中又漾出花和树叶的气息。那种清冷是柔和的，没有北风那样咄咄逼人。远远地望过去，收割过的田野变得银亮，没有叶的枝干，淋着雨的草垛，对着瓷色的天空，像一幅干净利落的木刻。而近处池畦里的油菜，经这冬雨一洗，甚至忘记了严冬。忽然到了晚间，水银柱降下来，黎明提前敲着窗户，你睁眼一看，屋顶，树枝，街道，都已经盖上柔软的雪被，地上的光亮比天上还亮。这雨的精灵，雨的公主，给南国城市和田野带来异常的蜜情，是它送给人们一年中最后的一份礼物。

啊，雨，我的爱恋的雨啊，你一年四季常在我的眼前流动。你给我的生命带来活跃，你给我的感情带来滋润，你给我的思想带来开阔。只有在雨中，我才真正感到这世界是活的，是有欢乐和泪水的。但在北方干燥的城市，我们的相逢是多么稀少！只希望日益增多的绿色，能把你请回我们的生活之中。

啊，总是美丽而使人爱恋的雨啊！

小 河

1

在江南水乡生活过的人，是幸福的。

因为有那么多的小河（真像蛛网一样密啊），因为有那么多比任何路都平滑的小河，因为有那么多载着云彩、蓝天并充满奇丽幻想的小河……

大地不再是静止的图书了。小河是它的肢体，舞动起来；是它的嘴巴，发出唱歌的声音；是它的眼睛，滴溜溜地寻找着一切。

大地也因而有了色彩。小河日夜滋润着它，使它泛青，变绿，转红，小河像奇妙的幕布，每一次拉开，两岸就变换一番景象。小河是大自然的美容师，任何的干瘪，皱褶，粗糙，皲裂，小河都能使其舒展。无花的大地，在小河旁是不存在的，那么，在这种活跃、葱郁、绚丽的氛围中生活的人，会没有美丽的外貌、性格和气质吗？

那水的灵气是无所不在的。呼吸它吧，啜饮它吧，让它浸透到自然和人的每一个细胞和毛孔中吧！（这是幸福之泉啊……）

2

船往往就靠在家门口。

扛一把桨出来，解缆划桨，你就完全自由了。

往东，朝西，转南，向北，你随意去划，没有死胡同，也没有堵塞的路。这里的河流像人体内的血管一样，从极细的毛细血管也会通向心脏。你可以造访许多村庄，看望很多你想见的人，甚至不用上岸。当然，你也可扬帆远去，到一个小城，或者索性驶进大江、大湖。

你的心情是极其畅快的，你不用担心下雨，你可以躲进小船里，晚上就睡在舱板上，还可以生火做饭，温上一壶酒……

这时，船是一个家，小河就是你的世界……

3

谁能忘记水乡的少女？

她们的灵秀是天生的，是清粼粼的水浇铸出来的。

她们的面庞白里透粉色，细腻的皮肤像河水那么平滑，眼睛乌黑透亮，那柔美的发或绾成髻，或打成辫子，或随意地披在身后，都像云、像浪那样细软。

而她们的神态呢！她们在夏天赤着足，轻盈得有如莲荷摆动。她们会灵巧地撑起溜子船，赶着一群雪白的鹅，她们也会爬树，样子楚楚动人，当她们采桑回来的时候，像轻风下一支支歌曲。

她们习惯了这水，这绿色的村庄，她们很少出门，对采访的客人总报以羞怯的微笑。

忽然，一个少女从绿荫草丛中探出头，你顿时感到，眼前绽开了一朵鲜艳的花。

黄昏，从遥远的地方传来一声清脆的回答："来啦!"像一阵银铃的颤动，仿佛真的从水底跃出，滴着一颗颗的水珠⋯⋯

4

我爱月光下的小河。

南国的月，本来就是温柔的，更有这清莹莹的水，小河和月光都分外妖媚了。

只有几片云彩的夜，几乎是没有风的，水面像一块完整的墨绿的玻璃，在有月光照耀的地方，呈现出一条白色的玉带，像河中之河——那么，船驶进了那条月光的河，会到月亮中去吗?

这时，鱼儿怕也睡了，水草也睡了，河滨

飘荡着神秘的静谧的气息，甚至连河上的水鸟也都找不到踪影。

仿佛是一种期待，一种思维放松后才能出现的那种思想。从河上轻飘而来的月光，只朝你望一望，没有任何的打扰。

这时，只有在岸边树影下的草丛里，偶尔能传来几声虫鸣，对月光和小河发出隐约的倾诉。

5

河上的欢乐是最美的欢乐。

站在船头，唱一支心爱的歌。歌声在飘动，两岸的景色仿佛随着歌声在变幻。陆地上什么舞台能有船上的舞台这么广阔、自如呢？

怎能忘记家乡清清的小河哟
杨柳依依，桃花染红了波浪
燕子呢喃，衔来多少明媚春光
微风吹着细雨

送白帆飘向远方……

我的家哟，你常在我梦中出现
我的家哟，思念如此绵绵
什么时候，我又能回到你身旁
像朵白云，自由自在地流浪

唱歌的人和船儿一起走了，歌声留在河上，波纹的唱片，慢慢地旋转，一圈圈，把那甜甜的秘密，旋进河的深底。

谁扔过来一枝杜鹃花，瞧不见那人的脸，只感觉到温暖的微笑；于是河中心又旋转开新的唱片，仿佛是对那远去歌人的回答……

6

我的思维，你也像家乡的小河一样灵活、美丽、自由吗？

你也有辉煌的太阳照耀着，也有和煦的春风吹拂，也飘来绵绵的细雨，滋润那看不见的细胞。

常常是无风也飘荡起波纹，在白天有着严肃和轻快的思索，在夜晚有痛苦和幸福的梦。这无数神经的小河，密密交织，跟着我走向我们的生活。

它没有决堤的危险，它只担心枯竭，它喜欢涨满一河春水，扬起所有的帆；它甚至不企求避风的港湾，如果有那么些码头，那只是为了转运和卸装。

让一切我喜爱的美都驶进我的小河里，让我们在思维的河水里默默地交融。

7

我记忆中的一切美都来自家乡的小河。是它哺育出我思维的小河。

它是我感受和创造的源泉啊！

南国的细雨，轻飘飘地，在每一条河上织成一挂令人神往的丝网！

森林里的夏天

谁没有在夏天去过森林，哪怕只度过一个白天或一个夜晚，他就不会真正懂得夏天！

沙漠上有夏天，可砾石烫得可怕；大街上也有夏天，可只能见到汽水和冰淇凌；海滩上也有夏天，太阳照着迷人的海水，但并没有完全展开夏天的魅力……

那么夏天在哪里呢？夏天的秘密就藏在森林里，只有在那儿才能窥视到它的全部美丽、神奇，才能听到它的各种旋律，看到它的光彩是那样的新异。

啊，到处都是绿，欣欣向荣的绿，这奔放而不可遏制的绿，包围着你的视线和呼吸。从脚底的苔藓，到杉树高耸的伞盖，一层又一层的绿，奇丽的绿的建筑，像幻影，却又是真实的。这时，从炎热中来的你，会有什么感觉？这不仅是一片绿荫带给了你凉爽，更是那整个的绿——绿的云，绿的丝绒，把你整个身心都融化了。轻盈的绿的流动，不断地净化着你，排除你的杂念和烦恼，滋生出像叶绿素那样美好的希冀。

但这儿，仍然是不折不扣的夏天，它充满了热烈和夏天特有的使人感官开放的气息。头顶上的太阳依然发散着炎热，可光线的翅膀一接触到绿枝，就像驯服了的鸽子的翅膀，温柔而可爱。在各种线条和形状组合成的枝干、果实和绿叶中，错错落落的阳光悄悄地洒下来，像飘落的花瓣；忽然，从一点叶的缝隙中，它照射过来，微风摇动树叶时，它又变成一注瀑布，偶尔又显出彩色的虹……

最吸引人的还是那奇妙的声音。你会从看不见的地方，听到各种各样清脆的鸟鸣，有的像轻快的笛声，有的像柔美的小提琴，有的像幽怨的单簧管，可当你抬起头，却看不见这些可爱的小鸟，它们藏在密密的树枝里，森林舞台都没揭开幕布呢！还有蝉的鸣叫，蝴蝶扑动的唦唦声，都和绿叶发生了共鸣，产生了愉快的乐音。忽然，你又听到溪水淙淙，似乎就在眼前，又仿佛很遥远，这声音和着整个的森林交响乐，像竖琴，在一片绿色中颤动，它在不停地呼唤着：爱吧，这瑰丽多彩的夏天！

这一瞬间，生活好像变了：你的生命和理想，就像眼前的一片葱绿，像泥土不断喷出幼芽，也加快了节奏，展开了翅膀，去寻求乐观、奔放和热烈，并把你感受到的夏天的全部美丽注入你的最崇高的信念！

四月，柑子开花的时候

　　四月，柑子开花的时候，风也变甜变软了。

　　整个山城，沟边，河畔，灌满那清香沁人的气息。风慢慢地吹着，像蒲公英的绒球挠着你的脸，像展开柳叶的枝条，搂着你的脖子。然后在你面前，打开一瓶淡淡的蜜酒。

　　四月，柑子开花的时候，漫山的白花是那样清新美丽。

　　土黄的山城一冬是黯淡无光的，此刻变成了碧绿的海洋。在习习的微风中，荡开丝丝的涟漪，而白色的柑子花，恰似一朵朵细碎的浪花。它向着湛蓝的天空，向着呢喃的燕子和黄鹂，诉说着春天的消息。

四月，柑子开花的时候，穿花衣的姑娘们在绿叶中闪动。

她们忙着喷药，施肥，还有剪枝。她们手脚那样小心，生怕碰掉一朵花，因为那就是秋天一个金黄的柑子呀！清甜的柑子花香，把她们的歌声也染甜了。

四月，柑子开花的时候，我们的心也在开花，吐露着我们幸福生活的芬芳。

卖烤白薯的老人

伫立在料峭的北风中——没有一顶挡风的棚，也没有一片瓦檐。

大自然的风霜，在他的脸上，犁满了深深的沟；两只手，被炭火熏成橡树皮的颜色；粗长白眉的眼睛，流动着朦胧的黄浊。

但那和善的招人的微笑，还是充满了生气，一点也没有衰老。

简陋的泥糊的铁筒，烤得松软喷香的白薯，给冬天的大地，增添了温暖的气息。

他伫立在风中，没有丝毫冷的样子，他吆喝着："热乎的烤白薯啊！"

在冬天，在雪花的飘落中，这老人的和善

的微笑，这憨厚的吆喝声，有时在我梦中出现。

有一次，孩子问我："那老爷爷卖的是什么？"

我说："是温暖！"

端阳的龙舟

只有这一天，家乡的河最有生气。

还是那样的浑浊啊，但彩色的龙舟，仿佛来自云端，给这条河流荡出一千种色彩的波光。

还是那样的浑浊啊，但赤膊的古铜色的皮肤，一排排拿着桨的手，给这条河流带来青春的欢笑。

搽着雄黄酒的孩子，点着胭脂红的姑娘，拿着菖蒲剑的小伙，甚至执着苦艾的老人，都挤到这条河岸，真正的万头攒动啊，真正的生命的磁石，吸住了这座小城。

披红挂绿的龙头，像一个绚丽的光球，飞速地滚动，狭长的龙舟，剪开一道水波，给人间裁出最美的丝绸。更有那细长的竹竿，把龙尾的人一会儿弹上半空，一会儿又送入水底，如燕子掠水一样轻盈，带走无限遐思。

这时候，河上的龙舟比蛟龙出海还要风光，舞动的彩绸，又如散花的女神。阳光和力的雨，在河里飞洒。

划呀，划呀，划呀！

所有岸上的人都在喊叫了，锣鼓、口哨声和鞭炮腾起波浪，而河中龙舟上那些擂鼓的巨手，一次鼓动就响起一阵沉雷，仿佛整个天宇在摇晃。女娲补天的彩石纷纷散落。陷在狂欢中的人，并不担心世界的末日。

划呀，划呀，让所有肌肉的细胞都聚到桨上，让船像一支出弓的箭，让船被划得离水而起。划呀，划呀，让生活腾空，扶摇直上，让欢乐永远飞掠过彩色的水面，让奋进的追求鼓动起每个人的龙舟！

啊，也许在我灵魂安息之前，我还会怀念一次这狂热的充满生活气息的瞬间。

山里的邮局

像一朵带着露珠的小花，你开在翠绿的山坡上。

顺着垦荒队员的脚印，小小的邮局，你就从山下搬上来了。

每天早晨，透过迷离的薄雾，你就注视着山上垦荒队员的身影。你看见，在垦荒队员的忙碌的身影里，山在迅速地变换着新衣裳。那边，又出现了一座座整齐的小房子，那边，一畦梯田又在雾中闪光了；那边，伐木者的锯声像清脆的鹧鸪的叫声；那边，昨天新开辟的空场上又竖起了篮球架。

而你，总是用绿色的邮包招引着他们，鼓

舞着他们；你坐在山坡上，仿佛在说：祖国的亲人都在这里，瞧着你们呢！读吧，草原上的头条消息；听吧，呼呼的风号声；闻吧，南海上带咸味的风……

呵，电线杆就要在你的后面立起来了。那一组组的电线挂在空中，多么像一道道彩虹，那时候你就可以用最快的速度，把这里的新闻传递出去。

只有到了太阳落山或星星出来的时候，垦荒队员才相继而来，对你倾诉他们的一天，而且拜托你寄出去——

那梯田的芳香，那山中的白云，那青翠的绿叶，还有那对祖国的火一样的爱情。

第四辑　海滨月光路

海滨月光路

我顶着中秋的明月，漫步在细软的沙滩上。

海滨很少有游人了：既是秋天，又是夜晚。那夏日的喧闹，炙热的阳光，仿佛随着海水，流到了遥远的那一边，留下被潮水抚平的沙滩，没有一丝痕迹。

天空飘着片片白云，偶尔也混杂着些乌云，没有风，看上去像贴在那里一动不动。星星也比盛夏稀疏了，而且显得细小苍白，只是东方升起的金星，在一派起伏的西山侧面，异乎寻常的明亮，似乎有些发红。

月亮已快浮上中天了，显出一种典雅而又娴静的姿态。"月到中秋越皎洁。"在晴朗、纯洁的蓝玻璃一样的空中，她像是被海水擦洗过的，发出水粼粼的青光。这时，整个大地，黑黝的山峰，广阔的大海，冰冷的礁石，仿佛都等着她的照射，渴望着她的光的手掌的抚摸。

我极目向海的尽头望去。奇怪的是，并不是整个海面都充满光辉。月色只洒出一条水流，远远地，像一条碎银铺出的路，在波光的抖动中，充满着迷人的海的梦幻。

大海的另一面依旧是墨绿的，好像不接受月亮的恩赐。可是当我又向前走出去很远，我眼前的月光路又转移到了这一边，我几乎感到一阵欣喜。

潮水受月亮的影响。十五的圆月吸引力也许更大些，我脚下的潮水显得比前两天更急促了。依然没有风，但海水似乎摇晃得更厉害，远远的，潮水就开始碰撞，然后冲向沙滩，留下一堆泡沫，在月色中闪着白雪的光芒。当撞击到岩石上的时候，刹那间绽裂如碎玉，像拥抱着月亮，又归入大海。永远是这样，来了又去，去了又来，可是月亮却似乎一动不动，像个骄傲的公主，勾动着这大自然的变幻。

在透澈的月色下，一切都变得清柔、纯洁起来：海滨的杨树、松树、远处近处的房屋，远方打鱼人的灯火，都像童话中那样美好而又纯真，都像沉进了一个甜蜜而又温柔的梦。

这时，我轻吟着苏轼《水调歌头》中"但愿人长久，千里共婵娟"的诗句，我觉得我的心地也变得更纯洁了。是的，在坦荡的月色下，在不存任何私心的大自然的怀抱里，一个人如果放弃对美好、纯洁的追求，如果缺乏坦荡的胸怀，会是一种痛楚。

海岛集市

海岛上的集市，是一个奇妙的海产展览会。

在这里，一切都是闪光的；在这里，聚集了各种各样的色彩；在这里，绝大多数商品都来自海里。

鲜红的对虾，染上了太阳的光华；细长的带鱼像一条条银色的丝绸；螃蟹吐着泡沫，从筐里爬了出来；而光亮的贝类，像一层又一层的浮云，在眼前闪动。它们都是刚刚被捕捞上来的，飘着海水的咸味，带着海水的清凉。

在这里，一切都是那样的朴实，简单；没有明亮的橱窗，没有整齐的柜台。商品都放在筐里，篓里，有的就铺在几片宽大的叶子上。

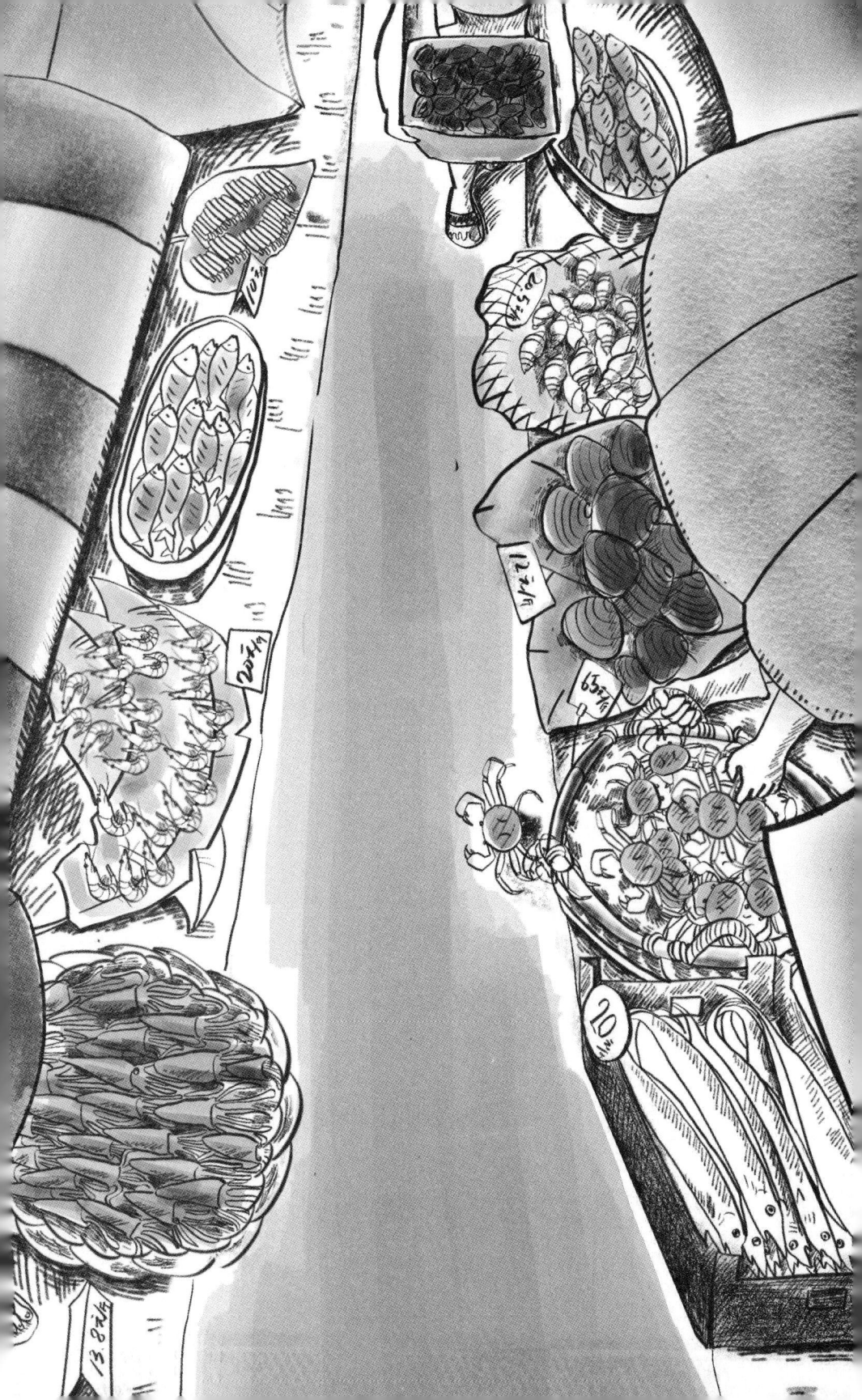

但是，这里的集市却是热闹、喧嚷的，海岛渔民特有的粗犷的笑声，使集市充满喜悦和欢乐。

呵，海岛的集市，你的鲜艳，你的多彩，恰如那美丽繁荣的都市，你的朴实无华，就像海岛人的性格。

呵，海岛的集市，你显示了大海的富有，你也告诉我们，只要有勤劳的双手，聪明的头脑，大海就永远是慷慨的……

潮　声

　　夜墨黑墨黑，海和沙滩都像沉进一口深井。

　　没有月亮，也没有星星，甚至远方的航标点，仿佛也罩上墨绿得像海水的眼镜。

　　没有风声，也没有雨点，甚至在头顶，看不见一片乌云的流动。

　　是那样的沉静而又寂寞的海滨之夜啊！

　　但这时，潮水仍在响，仍在有节奏地拍打着。

　　像在黎明的山谷，苏醒的小鸟发出清脆的啼鸣；像在无边的沙漠中，听到远方一声清泉的淙淙；像在下着雨的深夜，母亲听到游子归来的足音。

那是大海的呼吸；那是生命，是生命的不倦的呼唤！

　　于是，我觉得，黑夜的海滨并不寂寞，也不寒冷……

　　于是，我觉得，我自己的呼吸和足音，也溶进了这大海的永恒的潮声！

海之幻

童年的时候，我就憧憬大海。

在我的心灵中，它充满了难以想象的魅力：浩瀚无际，水波蔚蓝，犹如璀璨宝石；而水下，更是绮丽的世界，五光十色的鱼在游动，它们不作声，却是那样自由，展现着自己的风情，还有珊瑚织成的宫殿。当然，我也懂得海上的风暴，但我却觉得那更有兴味。是啊，如果能漫步海边，如果能乘上海轮……

但是，我生活在水网交错的江南小城。家庭的贫寒使我不可能有旅行的机会，虽然海边离我家也不过半天火车的旅程，这种愿望却一直只能停留在书本、美术、电影的观赏与想象之中。

工作以后的第一次探亲假使我有海上旅行的机会。我决定乘大连到上海的客轮，路途虽比火车远些，但全程票价反而便宜了。至于时间，对我来说无所谓，在当时年轻的我的感觉中，探亲只是变相的旅游。

第一眼看到海，我几乎屏住了呼吸。我为这种真实的辽阔无际和那毫不掩饰的姿态而震撼。然后我贪婪地咽着海风，任其清凉的咸味灌满我的身心。

我在四等舱里找到我的铺位，便顺手把旅行包一扔，甚至没坐下，就匆匆来到甲板。我要和大海尽可能多地在一起。船驶出防波堤后，出港的守护灯塔慢慢遥远，岸边的建筑也渐渐模糊。这时，原来让我感觉很大的海轮变得越来越小，几乎像一片树叶，而且无依无靠。

"大学生，你是第一次坐海船吧？"

一个柔和的声音从侧面飘来，我转身，看见一个离我约一米多远，靠在船舷上的女人。四周没有别人，我想，她竟是和我说话。我不想解释我已从大学毕业了，虽然，我的身上充满了学生的寒酸味和好奇心，使她有这样的判断。

我礼貌地报以微笑，随便"嗯"了一声。我不想用谈话打乱我看海的兴致。

"这是渤海湾。海面平静得像湖，不是吗？"

她说话的声音很甜美，使我不得不侧身又对她微笑了一下。她只穿了件绛色的毛衣，完全不在意略带寒意的海风，她的脖子完全裸露着，有那种阳光的颜色。奇怪的是她脖颈上还套着项链，和当时的时尚似乎并不协调。她的头发有些卷曲，也许是烫过的，被海风吹得很杂乱。当她优雅地理头发时，露出她那蛋形的脸和乌黑的眼眉，给人更潇洒的感觉。她当然比我大，这从她和我说话的口气就可断定，但我也猜不出她的年龄，也许二十六七岁，也许更小。

我仍看着海。美丽的渤海湾确实比书本的描述更美。海面像一块颤动的蓝丝绸，越是往远看，那平静的透明的蓝色越是不可思议，和天空浑然一体，分不出海平线。此刻，只有些微的海风吹着，偌大的渤海确实像一座娴静的湖泊。

"是不是太平静了？太平静是不是就不像海？"

初涉海的我只想感受，也只能感受，无法作任何分析，不想作哲理的探讨，当然，也不具备这方面的能力。刹那间，我觉得她像个女老师，而我又回到中学时代，果然她继续说：

"渤海湾是中国的黄金海湾，世界也少有。大连、旅顺、天津，还有北戴河，都被包在她的怀里。渤海像平放着的项链，穿着一串明珠。整个渤海下面埋着多少宝藏，地质学家也说不清。"

她几乎像广播似的朗诵，但声音很真切，像和一个很熟的人谈天或自我倾诉。我几乎被吸引了，却找不到什么话应对。

"我们的祖国真大、真美。"她把这句话抛向海风，脸完全朝向了大海。

"是的，很大、很美。"我像回声似的应了

一句。

黄昏的太阳在落下去，水面上流动着金片。鸥鸟仍旧在追逐着轮船，白色的翅膀也变得亮晶晶的，呈现出各种颜色的幻影。四周异常安静，只有船上柴油机的突突声和船尾舵划出来的浪花声。

我又全神贯注看着眼前，静谧的海，那盈盈的蓝波和神秘的远方使我进入恬静的想象世界。

待我再回首时，发现甲板上又只有我一个人，那个女人不知什么时候已经走了，或者根本就没来过。

我任意地在甲板上漫步着，我觉得，我被整个大海包围了。此刻，在悠悠天地中，只有我和大海是存在的。

匆匆吃罢晚餐，我又跑到甲板上。这时，甲板上的人开始多了，为了消食，也为了观赏月色。此刻，我不喜欢熙熙攘攘，便又躲进阅览室，默默地读起我随身带的那本《洛尔伽诗抄》。

大概已经很晚了。我重新步上甲板。微寒的海风已经把海的观众都吹进了船舱。我知道，绝大多数乘客是为了赶路，不是看海。他们宁愿躲在船舱里躺着或者嗑瓜子，谈天说地。

　　这时，天气有些转阴，月亮早被云层遮住了，但大海依旧平静。远处近处，都笼罩在墨绿之中。偶尔，也有一两处闪着水波的亮色，那可能是透过云隙的月光造成的。这时，大海更沉入不可猜测的苍茫境界。

　　有一丝隐约的歌音，仿佛从海面的雾中升浮上来。那是很熟悉的苏联歌曲《喀秋莎》的旋律。我轻步朝那方向移去，依稀辨出那是个女人，便在稍远一些的船舷旁驻足。在寥寂的海上，这细微的歌声也很真切，而且确实具有异常的魅力。

　　还是那穿绛色毛衣的女人先认出了我，很坦然地走近："大学生，你一直待在这甲板上？"

　　"对不起，我听你唱歌了。我在大学里也很喜欢这支歌。"

　　"我不会唱歌，只是一种情绪罢了。没想

到，你这么喜欢海。我小时候，是在海边长大的。也许接近得太频繁了反而麻痹了，不过我也有三年没看到海了。"

我们谈话稍微自然了些，因为是夜晚，看不清对方，我不再窘于她那目光，便开始说起自己对海的感觉。

她告诉我，她学的是地质，常在荒山野岭里跑，她说，她爱海，却又选择了山。也许，这是命运所驱使。不过，她说，其实山野也是海，那种雄浑的气质是相似的。而且，海水下面也是无数座山峰。也许，等我们国家发展海上地质勘探的时候，她又会漂泊在海上的。

她笑了。在朦胧的夜色中，她散发着女性的魅力。她神态优雅，语音柔美，使人很容易进入一个温馨的世界。也许她把我当作孩子，或者我们谈得很自然，她告诉我，她已经三十岁了。她淘气地伸了一下舌头，说："你懂吗？三十岁对女人来说是个黑色的年龄。"

"我认为年龄本身没有意义，主要在于感觉。"我装作哲学家的样子说了这么一句自己也不知从何处学来的话。

"不过，我不急于结婚。我爱山，更爱海……"

突然，一阵风浪打断了谈话，我们也都陷入了沉默。墨绿的水花似乎在旋转，贴着船面，落下了又扑上来。

"明天就要起风了，你会看到真正的海。晚安！"她说这话的时候，已转身离开。

我不太习惯道晚安，嗫嚅了一句什么，仍然在搜寻着海面，想发现新奇的变化。因为四周什么物体也没有，除了船下被掀动的浪，看不出船在航行。

她走了好久，我仿佛依然感到她的身影靠在船舷，渐渐地她在我印象中成了一个凝固的幻影。

我也小声哼起了一支俄罗斯的旋律。

大概过了午夜，我才回到舱位。旅客都已睡了。我躺下，幻想似乎仍在驱使着我。

夜确实深了，从船舱小圆眼看出去，除掉黑色，就是黑的闪光。显然，云层已很厚了。

这时，我还不能理解，真正的大海对我意味着什么。

迷迷糊糊睡了一会儿，我感到头晕，心里难受，我睁开眼，但起不来。这时，船在有节奏地不停地晃动。我看见，舱里的旅客也几乎都醒了。有人已经开始呕吐。

我知道糟了。船像个钟摆那样，左一下，右一下。我赶紧拿出客轮上为旅客准备的呕吐纸袋。我忍住，不说话，咬紧牙关，希望能撑过去。

这样勉强挣扎到天拂晓，舱眼里露出灰色的亮光。我终于吐了出来，船的摆幅越来越大，而且不时有扬起和沉落的感觉。每当来这么一下，我就要呕一次。现在我左右的旅客几乎都在享受与我同样的待遇，除了克制自己，做呕吐与反呕吐的斗争以外，什么事也不能做。个别没有吐的舱客，也都双目紧闭，面色发黄或发灰。

广播喇叭响了起来，号召人们起来吃早餐。女广播员的声音既亲切，又坚定。她说船上很多人晕船、呕吐，这没关系，而且越吐越要吃。空肚子吐更不好。

这种鼓励对乘客来说当然是美妙的。但我环顾四周，再省视自己，大家似乎都是在挣扎了一会儿后又躺下了，气氛多少显得有些悲壮。

我知道是进入黄海了，进入真正的大海了。而且广播里说的是四五级风，这已足够使大海显现她真正的面目。靠近着我睡铺的侧上方有个圆舱眼，这样，我便趁吐了一口后的稳定间隙，爬起来贴在玻璃眼上。果然，大海一片黄浊，浪涛涌上涌下，像一场战斗。远处，浪涛连成一片，狂杀过来。似乎已不存在天空，黄浪覆盖一切，偶尔闪着溅落的水珠，才透露一点白色的信息，这时，没有风景，只有气势。昨天的柔美和蔚蓝已不可想象，仿若一场梦境。

这才是真正的大海吗？也许，那个女人说的是正确的。如果大海永远像一泓湖水，大海还能成其为大海吗？大海必须要有雄伟的力量与征服一切的气势。尽管此刻大海已使我难受不堪，但我也爱这样的大海。

此刻，那个女人在哪里？她还穿着绛色的毛衣在甲板上欣赏她的真正的大海吗？或者和我一样躺在铺上任海流摆布？我渴望此刻能听到她那柔美的声音。那样也许我会暂时忘却晕眩。

我迷糊了一会儿。广播已经休息了，四周分外安静，屋里没有一个人说话。我能听到船外的浪涛声，猛烈却又有节奏。

忽然，伴着浪涛声我又隐约听到那熟悉的歌声。啊，是那女人在唱，她肯定在甲板上。"喀秋莎站在峻峭的岸上，歌声好像明媚的春光"，对，就是这样动人的词，然而是在海上，是在波涛滚动的海上。我似乎受到感染，竖耳辨别每一丝声音。渐渐地我也增添了力量，想挣扎着起来，甚至走到甲板。但是，我终于未走出舱门。

我又躺了下来，想着海、波涛、人生。想着生活可能展示给我的一切。

那歌声又像谜一样消失了。永恒的浪涛声代替了一切。

过了一夜，船已越过东海并进入黄浦江。我虽然起来了，并且吃了些东西，但一直到靠岸，我都再也未见到那个女人。

踏上码头，我产生强烈的陆地感。但晕眩仍未消失。我不知道，这晕眩会陪伴我多久，我感到有些怅惘，我在人群中发现那女人的愿望又一次落空了，其实我也并没有专门等候，人又杂乱，其实相逢又何必相识，其实又有什么必要为短暂而惋惜。也许，这一切本来就是幻影，是我自身在海上制造的一个幻影。但是这幻影使我懂得真正的大海，并懂得坚强。

在晕眩消失以后，我会再次扑向大海的。如果没有波浪，就不可能有真正的人生。

高原旅思

徜徉在柔美的草地上，伫立在没有回声的宁静中。

高原的开阔，令人感到难以置信的自由，随着眼睛，无限地展开。

想寻找一朵野花吗？也许会有的，也许全都被夏天遗弃。但还有一汪汪微黄的绿，伴着无言的夕阳。正在凋谢的秋天，给人以最后的温暖。

想寻找飘动的流云吗？没有丝毫污染的白云，洁白得像远方的雪，也许只有蔚蓝，深渊一样不可见底的蔚蓝。

想寻找黑色的牦牛吗？带着城市的那种猎

奇心，寻找那使草原跃动的生命。

　　也许，什么都不寻找，只听着自己的心音。回忆和期冀，都随着草原的海水波动了，再也不会停息。

　　是的，马上就要离去。只愿思维的节拍在这儿作一次休止，或者化作种子，随着明年的春风，绽开一株新芽……

燕　子

　　也不知是由于污染还是因为林木的减少，抑或人烟的纷杂，在我们城市上空，鸟是不多的。抬眼一望，缺少灵活的飞翔的东西，总有些寂寞。不过偶尔穿过立交桥下，倒见到很多老人，几乎人手一笼，真像是百鸟朝凤，或者在开赛鸟会。清脆的鸣声几乎可以压过隆隆的车辆。可惜那些鸟只有一块非常小的飞行天地，并不能带来天空的欢乐。

　　可有一次在要下雨的时候，我在高层楼上眺望窗外，忽然发现许多燕子，在上下翻飞，盘旋，这一下子使我惊喜了。啊，这么多可爱的燕子，它们是从哪儿来的呢？许是远方雨丝的手把它们牵来的。它们飞啊，呢喃着，欢叫着。也许这时候是捕食虫子的好时机，也许它们渴慕湿润的雨。我的眼睛也被这一片欢乐所照亮。后来，我就经常留意窗外，间或在晴空的灰黄中，也掠过一些燕子。我想，它们可能就住在城里，只是这成群的高楼，混凝土那么严实，它们可在哪儿做窝？

我是喜欢燕子的，和它很有一番感情。幼时在家乡长江边一个小城，我们住的瓦房横梁上，每年都有这美丽娇小的客人。它们一点也不怕人，因为没有人去伤害它们。它们衔着泥，灵巧地造着窝。为了使它们搭窝更方便，家里大人往往在横梁上安放一块小托板；有了这底座，造窝就方便多了。看它们衔泥衔草来回奔忙，对我们孩子来说，真是一件十分惬意的事。我有时能观察一两个小时，并计算它们飞来多少次。忽而欣喜地拍着手："瞧衔来的这片羽毛真好看！"叔叔往往笑着对我说："燕子就喜欢跟孩子交朋友，燕子是益鸟。"我弄不懂益鸟，他就说："专吃坏虫子的。"

更为欢乐的是，还能见到孵小燕子。我没见过燕子蛋。虽然我们家屋顶很矮，大人只要搭一张凳子，抬手就能够着燕子窝，但我没见过任何大人碰它。燕子窝是很好看的，像只小船，四周像雕刻，有着漂亮的斑纹，绝不像乌鸦的窝那么难看。雏燕孵出后，家里也像有了生气，孩子们第一个报告喜讯，给成天为柴米油盐而愁苦的大人脸上添一丝微笑。那些雏燕张着嘴巴待哺的样子真动人。老燕子一口一口喂它们，慈祥而又耐心。一直等吃饱了，小燕子才停止那叽叽喳喳的吵嚷。这种温暖大概多少也给人类一些善意的启示。

去年，我去长白山，在攀天池的路口，长白瀑布飞腾而下，溅起无数的水珠，漫开一片雾气。因高寒而寂静的山上，忽然响起欢快的乐曲。我抬眼一看，半空中简直成了燕子的世界，数不清的燕子呢喃着，在瀑布雨中嬉戏。刹那间，一种升腾而上的温暖驱散了高山的凉意。谁能想到，在这个连岳桦树都不能生长的高山上，它们也来了，而且给爬山的人一种难以名状的欢乐和勇气。

我不知道燕子在世界繁殖的状况，但它在中国却是普遍的，和柳树一样普遍；虽然它不算什么出色的鸟，也没有使人爱到想要把它关进笼里观赏的程度，但它那蓝黑色的娇小的身躯，衬托着尾巴的白色，显出一种静美。它飞翔时的灵巧、平滑，有如湖水上掠过一道波纹；那交叉的尾部，给人多少诗意的造型，据说它飞行的速度，能达到每小时二百多公里，几倍于火车的速度。当然，它没有华丽的羽毛，也没有优美的嗓音。但它却是和人最亲近的，和我们中国人最亲切的一种鸟。如果将来要选什么"国鸟"的话，我想至少我会投它一票的。

现在，我们陆续住进框架式的高楼，没有给燕子的房梁了。但它们仍会找到栖息与繁衍之处，和我们一起生活在这美好的空间；它们和人一样，能适应各种各样的环境。我希望燕子能在我们上空多起来，也与鸽子和其他鸟一样，不会妨碍人，而会带来宁静、欢乐和温暖。

镜泊湖遇雨

温柔的镜泊湖，遇上了无情的雨。

蔚蓝的湖面顿时失去美丽的澄清，像毛玻璃那样丑陋，远山的黛绿也浑浊了，烟雾遮盖了一切；天空、水面、山峰都掉进了一个大染色缸。朦胧的灰色，就是主宰这一刻的上帝。

湖畔的沙滩空旷了，花阳伞也仿佛垂下了眼皮，雨驱散了笑声，驱散了那些轻快的脚步。只有丁香树和波斯菊，依然默默地装饰着这大自然，它们和人不一样，它们不怕打湿衣裳。

雨像断了线的珠子，从无形的空中往下倾泻。而抬起头，却又找不到它的所在。

烟雾越来越浓了，湖变得越来越小，雨似

乎是一张巨大的网，在网罗这美丽的一切。

也许，它只是暂时收藏，或者是因为游人太多，湖和岸上的一切被污染了，它要进行一次最柔和而彻底的洗涤。

然后它会悄然隐去，像美丽的天使。当金黄的太阳重新踱上这鲜亮的湖、山峰和沙滩，不知怎么，你会忽然深情地怀念——

那一丝难忘的朦胧和多情的雨滴！

图书在版编目（CIP）数据

三月桃花水 / 刘湛秋著. —— 武汉：长江文艺出版
社，2023.1
ISBN 978-7-5702-2960-4

Ⅰ.① 三… Ⅱ.① 刘… Ⅲ.① 散文集－中国－当代②
诗集－中国－当代 Ⅳ.①I217.2

中国版本图书馆 CIP 数据核字（2022）第 224809 号

三月桃花水
SANYUE TAOHUA SHUI

责任编辑：周 聪 郭良杰　　　责任校对：毛季慧
封面设计：天行云翼·宋晓亮　　责任印制：邱 莉 王光兴

出版：长江出版传媒 ｜ 长江文艺出版社
地址：武汉市雄楚大街 268 号　　邮编：430070
发行：长江文艺出版社
http://www.cjlap.com
印刷：长沙鸿发印务实业有限公司

开本：640 毫米×970 毫米　1/16　印张：7.75　插页：4 页
版次：2023 年 1 月第 1 版　　　2023 年 1 月第 1 次印刷
字数：48 千字

定价：23.00 元